六十四首

一九八九～二〇〇九

趙思運詩集

大陸中生代最受注目的詩人代表

認識大陸作家系列

趙思運　著

目錄

上編（一九八九～一九九九）

下編（二〇〇〇～二〇〇九）

上編

一九八九～一九九九

人之詩

一隻渴死的太陽
在鬱悶的暗室裡
痛苦地蠕動著
發出畸形的黑芽
蓬蓬勃勃　又粗又壯
固執地尋找著窗口

一九八九年於曲阜師範大學

在一個寒冷的下午
面對缺乏浪漫的太陽獨自遐想

淒冷透明的魔布裡裹著血淋淋的頭顱
被淚水沖刷成沒有浪漫的蒼白
掛上神聖的祭壇
無語無語

剝開一層層黑夜的傳說
有鮮血催綻梅花的聲音

一九八九年十一月二十七日於曲阜師範大學

悼海子

西元一九八九年三月二十六日，
青年詩人海子由於找不到生存的理由在山海關附近臥軌自殺

黑夜的傳說依然盤桓著
被強勁的厲風撕裂
如枯敗的秋葉
擾亂了緋紅的黎明
繁冗的歷史一次次被虛幻刷成空白
在一個適當的季節發生轉機
被千萬隻閃亮的瞳孔
剪成雪片的潔白和潔白的雪片

依靠著懸崖上的頹樹
依在生命的邊緣
想著另一個世界
後來你想得累了
後來便永遠地睡去了
伴著溫柔的笛鳴
你的靈魂成為中國一條神經上帶血的扭結

即將黎明的時刻　無人醒來
在一片刺目的銀白裡
一個黑點慢慢蠕動
在十字路口歎息了一下如恬靜的音符
又飛遠了
雪地上空留一行行象形文字

你永遠地睡去了
你還會夢見我們這個世界
你的夢還會飛上那棵頹樹
看世人忙忙碌碌地為自己舉行
盛大而輝煌的葬禮

一九八九年十一月

無題・血色裡

血色裡
漂滿銅錢般的盾牌
揮灑出空洞的獰笑

高空之上一頭太陽噴吐著夏日情緒
十億顆頭顱仰盼芬芳的雨
陰暗角落裡爬出一隻醜陋的蜘蛛
織成天衣無縫
每顆頭顱都是一個死結

逼近黃昏時
田野的阡陌縱橫成現實舞臺
模糊的燈光下木偶林立
雜亂了行人的目標

是否會有清晰的畫外音重新響起

一九八九年於曲阜師範大學

悲音

四月四月就要過去
五月五月就要來臨

人聲沸沸裡　你凝為
一株鐵樹
屹立於漠然　冷若冰霜
先前你那洶湧著的火一樣的激情呢
先前你那洶湧著的火一樣的激情呢
你不語

我的目光被沸沸人聲折斷　如受傷的鳥翼
淌下滴滴鮮血
我的歌聲被沸沸人聲模糊　黃昏愈來愈沉
想用溫存的目光去撫摸您傷痕累累的軀體
已不能夠
想用靈聖的歌聲去親吻您飽經風霜的面孔
已不能夠

人聲沸沸

很遠很遠的地方
一個發黃發暗的聲音高亢地唱著哀歌
我以悒鬱的聲音平靜地輕輕地應和
曲名叫　荒蕪的春天

正如臘梅在春天綻放
錯過了整整一個世紀

一九八九年於曲阜師範大學

黑板及其反光

凝固的黑霧中
漂起一層零落的花瓣
近視鏡掩飾著漠然的表情
門衛在持槍打盹
無力的東風從門縫拼命往裡擠

一九八九年於曲阜師範大學

一切

一切的愛情都是虛幻
一切的許諾都是落英
一切的淚水都不能流出
一切的感情都不能曝光
一切的傾訴都無法找到理由

一切的熾吻都是自焚
一切的擁抱都是捆殺
一切的心扉都要緊守
一切的愛戀都是圍攻
一切坦蕩的視窗都無法吸引真誠的雙眸

一切的生命都在死去
一切的屍首都在沉默中甦生

一九八九年於曲阜師範大學

先驅

在沙啞的道路上
爬行著無數條
蚯蚓般的歌聲

路盡頭是成熟的土地
開滿豐腴的墳墓

一九九〇年十月十八日於山東菏澤

堅持

座椅已腐爛了一條腿
座椅又腐爛了一條腿
我成了椅子的一部分
雙腳和椅子一起被大地深深吸進腹地

天空的力量使我想到天空之外

時間已到一九九四年四月二十八日
我還能堅持多久

一九九四年四月二十八日於山東菏澤

觀察一個人吃香蕉

一隻生機勃勃的香蕉
送進一隻口中
被咬下了一截
再往裡進入
又被咬下一截
最後只剩一截根部握於一隻女孩手中
好像凋謝的花蕊

此時正是黃昏
愈來愈濃的陰影一截一截將女孩籠罩

好像一隻剝光的香蕉被送入一隻大口
卻不知究竟被拿在誰的手中

一九九五年十一月一日於山東菏澤

仿某電影臺詞之一

我做了一個夢
我和另外一個人各持一隻手槍
他對準我
我對準他
他把槍放進我的口中
他扣動了扳機
子彈沒有響
但我聽到口中有一聲細微的響動
醒來我發現一隻牙掉在口腔裡
後來我連續做這個夢
我很想終止這種夢境

可我越來越蒼老了
我沒有能力阻止下來

一九九五年十一月一日於山東菏澤

開會紀事

開會了

只好帶上剪刀
剪刀在滿室枯燥語言的覆蓋下吃指甲
吃指甲須認真仔細
全部水準表現在耐心和時間上
先剪左手指甲
依次是拇指指甲
　　食指指甲
　中指指甲

無名指指甲
小指指甲

左手完了
再換右手
先剪拇指指甲
再是食指指甲
再是中指指甲
再是無名指指甲
再是小指指甲
如此地耐心
足以讓凳子桌子激動
會議開了還有
指甲剪了還長
默契地同步進行

指甲從指頭長出
指頭從靈魂長出
會議越開越長
指甲越剪越短
縮進肉中
有跳蚤蝨子爬上頭顱
把思想一樣的頭髮啃亂
無法戳除他們
無法憤怒
伸出一雙不會發芽的枯枝
點綴孤獨的天空

一九九一年十月七日於山東菏澤

長夜

黑暗
我並不孤獨
四周思想濃濃
大塊大塊撞擊我悲哀的內心
有一種被擠壓的充實感

思想熬得蒼白稀薄
最後輕如一紙
鳥的悲啼子彈般射進房間
睜了眼看

窗紙點點殷紅
是黎明的無數隻眼睛

一九九一年十二月四日於山東菏澤

深夜讀魯迅

魯迅　一盞明燈
徹夜照亮我
佇立你的面前
你把我讀得通體透明
渾身發熱
灼得暗夜滋滋作響
把吳鈎看了
握得彤紅
斬斷陰冷有雨的日子

縱燈光漸去漸遠
血的熱量仍朝氣蓬勃
壯烈得嗆人

一九九一年九月二十三日於菏澤學院

我們的家園

你蹣跚
樹根穿著不合腳的真理的靴子
邁著古今中外的步子
在虛幻中前進

就從這扇窗子
曾有一隻貓做了一次
自由落體運動
壯烈了一次
大地留下了沉悶而悠久的回聲

年復一年
樹上結滿一顆顆成熟的貓屍
臨風而泣

你長在樹根上
註定承受一切苦難
你原地蹣跚
清新的耗子聲
尖銳地撕開靴子

你沒有感覺
繼續邁著古今中外的步子
在虛幻中前進

一九九一年十月二十三日於菏澤學院

關於政治與性及其他

兄弟兩人
晉京趕考
老大狀元
留京做官
老二落第
種地澆園

弟媳羨慕
老大真好
老二不屑
老大了了

進京做官
必須割屌
顛簸一番
老婆竊笑

嫂嫂逞能
弟媳譏嘲
不好不好
嫂嫂哭叫

老大搬遷
京城大宅
老婆傷心
擁嬌入懷

一柄塵物
依然健在

一九九七年五月

風從何處來

一本書躺在夜的深處
窗外有風吹動
風聲不停
誇張地挾裹塵沙破窗而入
翻動了清香的書頁
用手按住
它們反抗手的力量
婆娑亂動
整整一夜
書頁在婆娑亂動
它們反抗手的力量

用手按住
書頁仍被風掀動
啼鳥啄醒了繁華的夢
尋不到一棵樹　只聽到風聲
眼裡堵滿了沙子
發黃的書頁已厚厚地塵封

一九九七年六月三日

露天裡看一部文革黑白電影

小的時候看電影　觀眾總是很多
只好在背面看
然而效果很好
他們都是左手吃飯
　　　左手寫字
　　　左手勞動
黑白人生　真實自然

觀眾卻很正常
一律的右手吃飯
　　　右手寫字

右手勞動
但在屏光的反映下
顯得虛幻而空洞

一九九六年一月於菏澤學院

民間藝人開篇詞

下定決心拾棉花
排除萬難別落下
不怕犧牲砍花柴
去爭取勝利背家來

一九九七年九月十五日

生活的十個關鍵字

窗簾。暗色的　厚厚的　深深地垂在地上
書頁。塞滿了沙礫
寫作。一個美麗的陷阱　緩釋傷痛又使之
　加劇
春鳥。驚心動魄的叫聲　難以抗拒
內傷。遠離任何語言
靈魂。一隻千瘡百孔的布袋　誰有勇氣翻
　過來一一清點
神秘。在劫難逃的誘惑
民主。永遠像初戀一樣令人激動
刻骨銘心。一次便使人身心疲憊

落葉。有人看見一片蒼老的葉子從四層樓
上飄下來　帶走了所有的秘密

一九九九年七月於菏澤學院

喪失

花朵痛哭逝去的春天
灰燼痛哭熄滅的火焰
軀體痛哭凋謝的欲望

而我

不！

如果喪失是一種痛苦
我甚至已喪失了喪失的能力

一棵粗壯的大樹
被攔腰砍斷
仍無法喊出
被囚禁的傷

一九九九年一月於菏澤學院

謊花

謊花
從不說話
總是以沉默的方式
渲染她如火如荼的愛情
然而　有誰看見了謊花內部的陰影

我
居住在謊花的陰影裡
看見了她所有的
黑暗與隱痛　絕望與虛空
以及深深的內傷

拒絕結果　拒絕結果
她輕輕地掐滅了自己生命的光焰

在謊花的陰影裡
我目睹了春天死亡的過程
只一次便令我
雙目如盲
身心疲憊

一九九九年十月五日於菏澤學院

結局

那個人曾經站在我窗前的樹下
那是一個春天的早晨
尖尖的樹葉的罅隙掩不住那個人的氣息
就那樣　那個人一直站在我窗前的樹下

漸漸地　枝葉肥碩起來
濃濃地把那個人裹在樹冠裡
像一個秘密藏在深處

我一直認為
那個人一直站在我窗前的樹下

美麗的夏天悄悄謝去
當那棵樹將所有的秘密
再次呈現在我面前時
樹下空空如也

一九九九年五月二十二日於菏澤學院

下編

二〇〇〇～二〇〇九

廣播

七十年代我很小
模模糊糊記得家裡有個廣播
黑色的硬片片
圓的
像現在的家用鐘錶一樣大
有線的
現在我只記得
每到中午十二點
就唱東方紅
娘就說
該做飯了

二〇〇三年六月四日於華東師範大學

趙老三的一生

趙老三是一根光棍兒
貧農
他年紀輕輕　身強體壯
可他就是娶不上媳婦
唯一相依為命的是一隻公羊
這隻公羊同樣年紀輕輕
身強體壯
它的工作是與別人家的母羊配種
從人家那裡
換兩個窩窩頭
一個進了公羊的肚子

另一個進了老三的肚子
公羊老了
對付不了母羊的時候
趙老三也不行了
他們相依為命地一直睡下去
大隊支書來看望他們
老三臨死的時候
他們的眼睛都睜得大大的
支書說
趙老三同志
你這一輩子
全靠剝削公羊啊
你這是資本主義

趙老三說
是啊
心裡卻說
我活得其實還不如它

二〇〇一年二月四日

花妮

花妮的丈夫是個癱子
花妮今年春天下崗了
花妮買了個三輪車
今天第一天
跑了一天沒有拉著一個客
到了晚上十二點
南華火車站
花妮一車拉了四個
拉著拉著
四個人把花妮拉進了荒地
天亮到家

癱子問掙錢了嗎
花妮說
一下子掙了四個人的錢
操他媽的
累死了

二〇〇三年六月四日於華東師範大學

一輛笨重的拖拉機

一輛拖拉機　笨重的拖拉機
在我體內笨拙地走動　緩慢　滯重
盛滿了憂鬱　嫉妒　絕望　瘋狂　骯髒　墮落
　腐朽　雜亂無章的烏雲　烏煙瘴氣的火焰
它毫無節奏地顛簸著　噪音極大
令我晝夜無眠

一輛拖拉機　緩緩走著
帶走我的青春　夢想　愛情　精液
在我黑色骨頭的縫隙裡走著
耗乾了我所有綠色的血液

我親眼目睹了　幾十年後
這輛笨重的拖拉機
緩緩走出我廢棄的身體
猶如走出一片花花綠綠的垃圾場

二〇〇一年七月

新生報到

新生入學報到處
來了一位農村老頭
帶孩子上學
交費的時候
他解開褲腰帶
從內褲裡層
縫上的藍布口袋裡
掏錢
不小心露出陰毛
看見的大學生笑道
老伯開的銀行藏得可嚴實哩

一位站在旁邊的老師
轉頭一看
眼淚流了出來
二十年前
父親也是這樣
送自己出來的啊

二〇〇一年九月二十日

生活就這麼髒了一塊

辦公室的老王從廁所出來
女教師張發現了一個秘密
老王的前褲口有點點尿漬
大家偷偷地笑起來
其實也沒有什麼大不了的
尿漬是老王的手甩上去的
而老王的手是無辜的
尿漬是從尿道裡甩出來的
而尿道是無辜的
尿是水轉化成的
而水是無辜的

水是老王喝進去的
而老王是無辜的
其實老王的褲口濕了一片
根本就不是什麼秘密
正如生活被弄髒了一塊
其實就是這麼簡單

二〇〇一年九月二十日

小學課堂上的一幕

教室裡四十八個人齊聲朗讀
《紀念白求恩》
整齊　嘹亮
突然
一個孩子問道
老師
如果教室裡四十八個人同時放屁
會是怎樣呢

我只能這樣回答
我只能要求大家統一口徑
讓大家統一放屁是絕對不可能的

二〇〇一年十月十二日

一個瘋子從大街上走過

在肉體不被衣服理解的年代裡
誰有勇氣
像一個瘋子
赤身裸體走過大街
炫耀觸目驚心的傷痕

當一個瘋子
赤身裸體走過大街
身上的傷口花朵一樣綻放
我們無形的雙手
本能地捂緊了自己

二〇〇二年三月十六日

發霉的土豆

一粒土豆
藏在漆黑的夜裡
猶如在漆黑的土裡
一粒發霉的土豆藏在壓抑的夜裡
一粒發霉的土豆發出了長長的綠芽
一小簇綠芽猶如邪惡的火苗
在黑夜裡閃爍
在黑夜裡沒有春夏與秋冬
沒有花開和花落

我把自己囚禁在漆黑的夜裡
像一粒發霉的土豆
把自己藏在溫暖的土裡

都知道發了芽的土豆有劇毒
我為什麼還要把自己
比作發霉的土豆

二〇〇二年八月十日

左手

走在花花綠綠的人群裡
一隻左手
想尋另一隻左手相握
卻讓所有的右手
尷尬

二〇〇三年六月三日於華東師範大學

一顆子彈

那年的六月四日
一顆子彈正中我的心臟
嵌在兩瓣心臟之間
十幾年了
它就一直卡在那裡
我努力地不讓它爆炸

我的肉體是一座城池
我的靈魂是一座火焰
滿城大火從我的喉嚨綿延到胸腹
滿城大火從我的脖子燃燒到腳踝

抑制與燃燒
燃燒與抑制
沸騰的秘密在嗚咽
真理的咽喉被扼住

一滴漆黑的墨水滴進我的靈魂
迅速地擴散　像癌症一樣
一團墨水在滿城大火中　發出尖叫
一顆子彈在黑暗中迷失了爆破的方向

寫作時間不詳，於華東師範大學

毛主席死了

毛永明
一九四三年參加工作
共和國以後一直做工會工作
做得特別出色
一九六八年一九七二年一九七五年
三次被推薦當工會主席
都沒有通過
因為他姓毛
毛永明不能當毛主席

毛澤東逝世了
十一屆三中全會召開了
他兩度被推薦
仍然與毛主席無緣

一九八八年毛永明退休了
他一九五七年出生的兒子毛反右
接班進入工會工作
他兢兢業業
任勞任怨
終於在一九九六年
毛反右當了市工會主席

毛主席很高興
幹勁更大了
人們整天毛主席毛主席的讚揚他

昨天
我忽然聽說毛主席死了
他與情人偷情時被人家老公打死了
一把菜刀
唓吧一聲
什麼問題都解決了

想到昨天是十二月二十六日
是毛澤東的生日
我們都驚得合不上嘴

二〇〇三年十二月二十七日
作於上海至山東途中

火車

怎麼那麼多的火車
一閉上眼睛
就是火車
那麼多的火車
從東邊來
從西邊來
從南邊來
從北邊來
那麼多的火車
都一齊撞過來

這麼多的火車
我怎麼能夠躲避
僵硬的火車
像一條條僵硬的蛇
在我的身上碾過
在暗夜
發出轟隆轟隆的聲響
一整夜
震耳欲聾

二〇〇四年六月二十六日

國慶日，我小小的要求

秋天來了
萬物凋零
讓我離愛情再遠一點
讓我離光明再遠一點
讓我的眼睛更加迷茫
讓我的身體喪失得更快
讓我體內的鮮花凋零得更快
讓我體內的果子腐爛得更快

眾人歡呼
我一個小小的人物

這樣一個小小的要求
算不算太高

二〇〇四年十月三日，華東師範大學

飛

原來我會飛
飛得很快
比飛機還快

後來我長了翅膀
翅膀那麼沉重
我就不願意飛了

二〇〇四年十月二十六日

一幅照片

一隻毛驢
栓在一根電線桿上
電線桿站在一個行政管理部門的門前
管理部門的大門兩旁刷著很大的字
一共八個
管而不死
活而不亂

這幅照片是我朋友徐龍蛟送我的
十幾年了
每每黔驢技窮的時候

我就想起了我的朋友
和這幅照片

二〇〇四年十一月七日

木樨

經常見到木樨這個詞
但是一直不知道木樨是一種什麼樣的植物
我常常把木樨想像為木頭橛子
那種在農村的牆上經常見到的掛東西的橛子
後來我才知道
木樨
是一個地名
在中國的首都
想起木樨地是北京的一個地方
想起木樨是木頭橛子一樣的東西

我就想像到
北京的那塊地兒一定曾經轟轟烈烈地豎立起來
像一面巨大的牆壁
長出密密麻麻的橛子
掛滿了什麼東西
就像農村年關時掛滿的豬啊牛啊羊啊什麼的
過年的犧牲品早已消失
但是
十六年了
還一直掛在我腦海的想像裡

二〇〇五年六月二十日，華東師範大學

廣州一位婦女跳河自殺，未果。她說

實在太汙了，太臭了
我就又爬上來了

二〇〇六年五月十七日

上帝的設計

讓人用右手
拿東西
比如匕首啊、刀子啊
而讓人的心臟長在
左側

這種設計
恰好適合殺人

二〇〇六年十一月二十七日

放屁黨

一九六七年九月十八日
河南開封師院學生宿舍
當時是幾十個人的大房間
晚上睡覺有人放了一個相當響的屁
眾人皆被驚醒
怒斥之
不料又一個人放屁
有人說
你們放屁的還不服嗎　想結黨嗎
於是「放屁黨」誕生
第一個放屁的被選為主席

許多有放屁特長的學生光榮入黨
然而好景不長
一九六七年十二月十二日
「放屁黨」被定性為反黨反革命集團
黨主席被抓
最後槍斃

二〇〇七年二月六日

一張百元鈔票

一張百元鈔票
在偉人的頭上寫著一溜兒
模模糊糊的人名兒
王修忠
逄愛妮
佘錢
張映紅
軒轅秋陽
銘
五奎
兒子說

他拿這張鈔票交學費的時候
老師在這些名字的後面
寫上了
「趙大路」三個字

二〇〇七年二月六日

渴望

我還是那個六七歲的男孩
我渴望每天失蹤一次
讓警察叔叔送我回家

長大了
我真的天天失蹤
不過每一次都找不到警察

二〇〇七年八月十五日

洗衣

洗衣時會發現
最髒的地方
無非是領和袖
人們周而復始的洗滌、弄髒、洗滌、弄髒……

二〇〇七年十二月四日

與南開大學相關的關鍵字

——非虛構試驗文本

（按照被搜索次數，列出前一百個關鍵字）

一，南開大學　別克

二，南開大　BBS

三，南開大學　砸車

四，南開大學　平安夜

五，南開大學砸車事件

六，南開大學事件

七，南開

八，天津南開大學

九，nankai university

十，南開大學吧

十一，南開大學別克門事件

十二，南開大學濱海學院

十三，南開大學　別克門

十四，南開大學論壇

十五，南開大學　車禍

十六，南開大學平安夜事件

十七，南開大學　撞車

十八，南開大學別克事件

十九，南開大學研究生院

二十，南開大學　撞人

二十一，南開大學　別克車

二十二，南開大學　聖誕
二十三，南開大學　張延華
二十四，南開大學　打人
二十五，南開大學學生砸車
二十六，南開大學招生網
二十七，南開大學流血事件
二十八，南開大學　汽車
二十九，南開大學　新聞
三　十，南開大學　學生
三十一，南開大學撞車事件
三十二，南開大學平安夜砸車
三十三，南開大學十二・二十四
三十四，南開大學貼吧
三十五，南開大學別克車事件

三十六，南開大學自主招生
三十七，南開大學校長
三十八，南開大學打人事件
三十九，南開大學出版社
四　十，南開大學就業網
四十一，南開大學地址
四十二，南開大學　平安
四十三，南開大學撞人事件
四十四，南開大學　十二月二十四日
四十五，南開大學平安夜車禍
四十六，百度　南開大學吧
四十七，南開大學研究生
四十八，南開大學　交通
四十九，南開大學一二二四事件

五　十，南開大學選課系統
五十一，南開大學　交通事故
五十二，南開大學本科招生網
五十三，南開大學砸車時間
五十四，南開大學車
五十五，南開大學　砸車　視頻
五十六，南開大學打架
五十七，南開大學校歌
五十八，南開大學車禍事件
五十九，南開大學遠端教育
六　十，南開大學　耶誕節
六十一，南開大學　郵編
六十二，南開大學經濟學院
六十三，南開大學　衝突

六十四，南開大學平安夜別克

六十五，南開大學網站

六十六，南開大學　聖誕夜

六十七，南開大學　別克撞人

六十八，南開大學砸車圖片

六十九，南開大學mba

七　十，南開大學商學院

七十一，南開大學校園網

七十二，南開大學砸汽車

三十三，南開大學就業

七十四，南開大學教務處

七十五，南開大學的平安夜

七十六，南開大學騷亂

七十七，南開大學時間

七十八，南開大學招生

七十九，南開大學　警察

八　十，南開大學網

八十一，南開大學學生事件

八十二，南開大學出事了

八十三，南開大學不平安

八十四，南開大學在職研究生

八十五，南開大學高自考

八十六，南開大學二十四日

八十七，南開大學　車主

八十八，南開大學　張靜

八十九，南開大學法學院

九　十，南開大學　汽車撞人

九十一，開大學砸別克

九十二，南開大學主頁
九十三，南開大學就業資訊網
九十四，天津市南開大學
九十五，南開大學二十四
九十六，天津南開大學平安夜
九十七，南開大學　翻車
九十八，南開大學的砸車事件
九十九，南開大學BBS砸車
一　百，南開大學　流血

二〇〇七年十二月二十八日

四朵花

工人流汗開白花
勞模胸前佩紅花
退居二線去種花
黑爪子掙錢白爪子花

二〇〇一年一月；二〇〇八年一月

中國紀事：兄弟仨

老大叫愛國
老二叫愛民
老三叫愛黨

一日深夜
紅衛兵闖進家門
打砸搶了一通
把兄弟仨緝拿歸案
給他們的罪名是
他們仨一起熱愛「國民黨」

二〇〇八年三月十二日於東南大學

其實，我們一直安睡在強盜的床上

古希臘神話中有一個強盜
叫普羅克魯斯特
他喜歡把捕到的人放到床上
如果比床長
就把人截短
如果比床短
就把人拉長

二〇〇八年八月四日　山東

差距

第二十九屆北京奧運會
中國奪得金牌
五十一枚
德國 STERN 雜誌在訪談艾未未時說
中國奪得四十八枚金牌

數字之間的差距
賦予我們一個巨大的
想像空間

二〇〇八年八月三十日　山東

常識

國家暢通工程專家組組長
某著名大學交通學院院長
二〇〇三年發佈了一項重要研究成果
說
中國城市環境污染
不是由汽車造成的
而是由自行車造成的
因為自行車引起
交通不暢
導致汽車停滯
排放更多廢氣

後來
清華大學科技與社會研究中心的王浦生教授
道出了其中的奧妙
這個環境研究課題
是由一家汽車公司贊助的

二〇〇八年八月三十一日　山東

有意思的訪談

華裔美國科學家錢永健
得了二〇〇八年諾貝爾化學獎
遭遇中國一記者採訪
問
「您是中國人嗎？您會說中文嗎？」
錢教授用英語回答
「不太會說」
追問
「先生的成就對於一個中國科學家來說意味著什麼？」
答曰
「因為我是美國生美國長，

我不是中國科學家……
但是
如果中國人能為我的獲獎感到高興與自豪
並且能使更多的年輕人加深對科學的興趣的話
將是一件非常好的事情。」

二〇〇八年十月十三日　東大

一面紅旗

車過豐縣
公路邊的溝壑裡是骯髒的垃圾
垃圾邊是一排平房
這是一家鋸木廠
院子裡非常奇崛地聳立著一根枯死的樹幹
很高很高
樹幹上飄揚著一面紅旗
鮮紅鮮紅
上面並沒有那五顆金色的星星
當然
紅旗上也沒有

鐮刀和錘頭
不過這並不妨礙它叫作
紅旗

一面紅旗迎風飄揚
一個勁地耀眼地紅

二〇〇八年十一月十八日菏澤至南京途中

今天寫一首多餘的詩

今天一定要寫一首詩
儘管我也覺得寫詩是多餘的
很多話要說
但是說出來又能怎麼樣
事實上
即使讓我說
我已無話可說
記憶開始麻木遲鈍

記憶對現實說：說吧
鮮血對死亡說：說吧

歷史對生命說：說吧
灰燼對火焰說：說吧

今天的詩人都是吞吞吐吐的
今天的詩人都是饒舌的
今天的詩都是朦朧的
今天的詩都是隱晦的

不必刻意更換頭顱
記憶確實已經淡漠

二〇〇九年六月四日

我的中世紀生活。理髮

似乎有一種催眠功能
每次理髮時
我都會不知不覺中進入催眠狀態
迷迷糊糊中
頭髮被剪短了
柔滑了
下垂了
理順了
等醒過來時
他們又要求把白髮焗油
染得烏黑烏黑

謝絕了他們的善意
走出理髮店
我早生的華髮在陽光下
熠熠閃光
走在熙熙攘攘的人群裡
一個個頭髮烏黑
而我的白髮
異常刺目

二〇〇九年五月二十四日

毛澤東語錄（十二首）
——非虛構實驗文本

上學太累[1]

要允許學生上課看小說，
要允許學生上課打磕睡，
要愛護學生身體。
教員要少講，
要讓學生多看。
我看你講的這個學生，
將來可能有所做為。

他就敢星期六不參加會，
也敢星期日不按時返校。
回去以後，你就告訴這學生，
八、九點鐘回校還太早，
可以十一點、十二點再回去。

注：[1]【和王海蓉同志的談話一九六四年六月四日】

要考試就這樣考[2]

考試可以交頭接耳，
甚至冒名頂替。
冒名頂替的也不過是照人家的抄一遍，
我不會，

你寫了，
我抄一遍，
也可以有些心得。
可以試點，
搞得活一些，
不要搞得太死。

注：[2]【春節談話紀要（一九六四年二月十三日），《毛澤東思想萬歲》一九六九年八月版第四六〇頁。】

沒辦法就交白卷[3]

從前我在學校裡是不守規矩的，
只是以不開除為原則的。
考試嘛，

五、六十分以上，
八十分以下，
七十分為準。
好幾門學科我是不搞的，
要搞有時沒辦法，
有的考試我就交白卷，
考幾何我就畫一個雞蛋，
這不是幾何嗎？
因為是一筆，
交卷最快。

注：[3]【召見首都紅代會負責人的談話（一九六八年七月二十八日）】

打起來我就高興[4]

我才不怕打，
一聽打仗我就高興，
北京算什麼打？
無非冷兵器，開了幾槍。
四川才算打，
雙方都有幾萬人，
有槍有炮，
聽說還有無線電。

注：[4]【召見首都紅代會負責人的談話（一九六八年七月二十八日）】

打仗靠流氓[5]

勇敢分子也要利用一下嘛！
我們開始打仗，
靠那些流氓分子，
他們不怕死。
有一個時期軍隊要清洗流氓分子，
我就不贊成。

注：[5]【中央工作座談會紀要（一九六四年十二月二日）】

沒有就去搶[6]

有一回哥老會搶了我家，
我說，
搶得好，
人家沒有嘛

注：[6]【關於哲學問題的講話一九XX年八月十八日】

階級鬥爭[7]

《紅樓夢》我看了五遍，
也沒有受影響，
我是把它當歷史讀的……

《紅樓夢》裡階級鬥爭很激烈，
有好幾十條人命。

注：[7]【關於哲學問題的講話一九六四年八月十八日】

秦始皇算什麼[8]

秦始皇算什麼？
他只坑了四百六十個儒，
我們坑了四萬六千個儒。
我們鎮反，
還沒有殺掉一些反革命的知識份子嗎？
我與民主人士辨論過，

你罵我們秦始皇，
不對，
我們超過秦始皇一百倍。
罵我們是秦始皇，
是獨裁者，
我們一貫承認；
可惜的是，
你們說得不夠，
往往要我們加以補充（大笑）。

注：[7]【在八大二次會議上的講話一九五八年五月八日】

操娘[8]

一九五九年
第一次廬山會議
本來是搞工作的，
後來出了彭德懷，
說你操了我四十天娘，
讓我XXX二十天行不行？
這一操，就被攪亂了，
工作受到影響。

注：[8]【在八屆十中全會上的講話（一九六二年九月二十四日），《毛澤東思想萬歲》一九六九年八月版，第四三五頁】

屁股[9]

國民經濟的兩個拳頭，
一個屁股。
基礎工業是一個拳頭，
國防工業是一個拳頭，
農業是屁股——
穩產高產是相對的，
去年河北大雨是老天爺下的，
沒有辦法。
天老爺真難當，
下多了不是，
下少了也不是。

注：[9]【在計委領導小組彙報時的一些插話一九六四年五月十一日】

屁有香臭

屁有香臭，
不能說蘇聯的屁都是香的。
現在人家說臭，
我們也跟著說臭。
凡是適用的都要學，
資本主義好的也應該學。[10]
上邊放的屁不全是香的，
這裡也有對立，
有香也有臭，
一定要嗅一嗅。[11]
同志們
事前要有準備，

小會他神氣大，
大會他沒辦法。
你要大民主，
我就照你的辦，
有屁讓他放，
不放對我不利，
放出來大家鑒別香臭。[12]
自己的責任都要分析一下，
有屎拉出來，
有屁放出來，
肚子就舒服了。[13]

注：

[10]【在中央政治局擴大會議上的講話（一九五六年四月），《毛澤東思想萬歲》一九六九年八月版，第三七頁】

[11]【在省、市委書記會議上的講話（一九五七年一月）《毛澤東思想萬歲》一九六九年八月版】

[12]【在省、市委書記會議上的講話彙集（一九五七年一月），《毛澤東思想萬歲》一九六九年八月版，第七五頁】

[13]【在廬山會議上的講話（一九五九年七月二十三日），《毛澤東思想萬歲》一九六九年八月版，第三〇五頁】

拉屎拉尿[14]

人同自然界作鬥爭，
也有交換。
如人吃東西，
吸空氣，
但要拉屎拉尿，

新陳代謝。——

大魚吃小魚，

小魚吃大魚的屎。

重工業各部門之間也要等價換，

遠陸造機器要原料，

就是糧食，

機器就是他拉的屎。

注：

[14]【在鄭州會議上的講話（一九五九年三月五日），《毛澤東思想萬歲》一九六七年版，第四二頁】

二〇〇三年春於華東師範大學

嚴禁

——非虛構試驗文本

嚴禁無婚姻證明的垃圾混住在一起【管上】
嚴禁加入垃圾派的女詩人乳房要對稱【管上】
嚴禁中小學教師姦污猥褻女生【管上】
嚴禁牛逼的路上一路狂奔卻踩著了一泡狗屎【徐鄉愁】
嚴禁管上活了一輩子居然沒有強姦過婦女沒有搶劫過銀行【徐鄉愁】
嚴禁管上沒有超生二胎就想罰自己的款【徐鄉愁】
嚴禁貪官清明節給他先人燒假錢【管上】
嚴禁用公款日逼【管上】
嚴禁情人節集體性交【管上】

嚴禁管上只管上不管下【徐鄉愁】
嚴禁貪官撈錢時候找不出正當理由【徐鄉愁】
嚴禁洋鬼子的槍炮管上塗滿中國人的斑斑血債累累惡行【管下】
嚴禁垃圾派詩人管黨生上網找情人【管上】
嚴禁垃圾派羊癲瘋時口土白泡子【徐鄉愁】
嚴禁老頭子摟著皮旦睡覺【管上】
嚴禁徐鄉愁包二奶【管上】
嚴禁趙思運讀的是博士卻老是跟民間分子混在一起【徐鄉愁】
嚴禁徐鄉愁說趙思運讀的是博士卻老是跟民間分子混在一起【趙思運】
嚴禁垃圾派詩人生養八胞胎【管上】
嚴禁張嘉諺教授舉辦垃圾派學術報告【徐鄉愁】
嚴禁管上流著口水演唱陝北民歌東方紅【徐鄉愁】
嚴禁農民乘坐高級進口轎車【管上】
嚴禁吃屎節上搶屎吃【徐鄉愁】

嚴禁一槍沒有打死的犯人再用尿憋死【徐鄉愁】
嚴禁把二〇四六年「人民文學獎」授予皮旦【管上】
嚴禁老幹部嫖妓時用雞姦式【徐鄉愁】
嚴禁百花齊放的刊物發表垃圾派的作品【徐鄉愁】
嚴禁詩人冒充精神病人【管上】
嚴禁婊子不為一般的老百姓服務【徐鄉愁】
嚴禁吃屎的比屙屎的凶【徐鄉愁】
嚴禁乞丐上街向沒錢人要錢【管上】
嚴禁妓女大白天營業【管上】
嚴禁文藝強姦政治【徐鄉愁】
嚴禁貪官弄錢時不背陽光【徐鄉愁】
嚴禁垃圾派的詩進入中國語文課本【管上】
嚴禁四川榨菜進入大會堂宴會廳【管上】
嚴禁徐鄉愁用肛門呼吸【徐鄉愁】

嚴禁垃圾派以糞擊人【徐鄉愁】
嚴禁脫了褲子朗誦中國你好【徐鄉愁】
嚴禁管上民間說唱不被政府抓起來【徐鄉愁】
嚴禁在天安門城樓上親嘴【管上】
嚴禁女生在廁所裡看《民間說唱》【管上】
嚴禁兩代會期間去北京要飯【徐鄉愁】
嚴禁大學生在校其間用父母的血淚錢賄賂老師【管上】
嚴禁自殺找不到鐵軌和繩子【徐鄉愁】
嚴禁吃了搖頭丸不搖頭【徐鄉愁】
嚴禁礦工在礦難發生時死裡逃生【管上】
嚴禁貪官不會背誦三個代表【徐鄉愁】
嚴禁農民喊冤叫屈【管上】
嚴禁貧下中農到鄉政府吃了不給錢【徐鄉愁】
嚴禁嫖妓後打白條【管上】

嚴禁當官的放了屁才脫褲子【徐鄉愁】
嚴禁警匪是一家【徐鄉愁】
嚴禁中國人吃飽穿暖了沒事幹上街遊行示威【管上】
嚴禁公僕用小金庫的銀子去澳門豪賭【徐鄉愁】
嚴禁中國足球隊以東道主名義直接進入二〇〇八奧運會【管上】
嚴禁貪官攜款移居加拿大【管上】
嚴禁小偷盜竊領導的豪宅【徐鄉愁】
嚴禁妓女把貪官告上法庭【徐鄉愁】
嚴禁局級以下幹部包四奶五奶【徐鄉愁】
嚴禁光棍手淫和意淫【徐鄉愁】
嚴禁管上用嚴禁造句【徐鄉愁】

二〇〇五年三月二十日，華東師範大學

山東省梁山縣ＸＸ鄉計劃生育標語口號

——非虛構試驗文本

一，中華民族的人口問題已經到了最危險的時候！

二，下定決心，不怕犧牲，排除萬難，把計劃生育工作搞上去！

三，凡超生而不承認，頂撞、謾罵工作人員和村幹部，超生逃跑、窩藏超生對象的一律視為超生壞分子。

四，對破壞計劃生育的壞分子實行株連政策（先株連父母、後岳父母，再兄弟、姐妹，根據親屬關係依次由近及遠。）

五，對隱瞞包庇計劃生育對象的村幹部，一律按計劃生育壞分子處理。

六，計劃生育是我國的一項基本國策！

七，計劃生育是一項偉大的社會系統工程！

八，增強人口憂患意識！

九，要想快致富，少生孩子是條路！

十，要把破壞計劃生育的壞分子追到天涯海角！

十一，對頑固不化的破壞計劃生育的壞分子要現揍不賒！

十二，寧可亡家，不可亡國！

十三，對超生壞分子，喝藥不奪瓶，上吊不解繩，跳井不搶救，自殺不心痛。

十四，外出的叫回來，隱藏的挖出來，逃跑的追回來，轉移的抱回來，（計畫外）懷孕的流出來！

十五，越生越窮，越窮越生，惡性循環，後患無窮。

十六，對計劃生育工作：認識再高也不過頭，措施再硬也不過分，火藥再濃也不過火。

十七，大軍壓境，兵臨城下，挽救民族危機。

山東省梁山縣XX鄉政府

一九九一年三月

寫作於二〇〇五年八月於菏澤

屁經

屁的成分與人的職務高低、周圍環境有關
與人的精神、情緒、飲食、消化、吸收有關
有人時，不好意思放，就憋屁
一不小心放個蔫屁，蔫屁往往較臭
所以說，臭屁不響，響屁不臭
放屁響，當校長
放屁臭，當教授
放屁不響又不臭，說明你的生活太落後
這些說法都很有道理
生活落後，收入低，飲食差，就吃素
屁就臭不起來

教授收入高，飲食中，蛋白質多
所以屁臭
校長，位高權重，保養好，屁壓大，又無所顧忌，所以屁聲響亮
但屁的成分較純淨
所以只響不臭
教授不同
他們太不好意思，怕叫人聽見屁聲
所以，屁在體內，醞釀太久，又不敢放
時間久了，輕輕的悄悄地放，屁壓小，臭不可聞

屁的成分有
N_2、CO_2、H_2、NH_3、CH_4
（素食者的屁氣中CH_4含量多
如牛放的屁就有大量的CH_4

據說由於牛的數量太多
牛放屁所放出的CH4的總量已達到影響大氣環境的地步
對溫室效應能夠產生作用
但牛屁不臭）
H2S
（尤其是吃了太多的雞蛋，又沒運動和深呼吸）
洋蔥醛，腐氨、屍氨，硫胺，甲硫醇，甲胺等。

有的人由於屁中的甲烷含量多
甚至達到可以燃燒的地步
有視頻表明
一人在坑道內對幾米外點燃的蠟燭放屁
結果向火焰噴射器一樣
一條火龍噴射而出，火光明亮

又有資料說
一醫生正在給一患腸炎的病人的腸子開刀
此時
腸子已被氣充得鼓脹的
醫生手中的手術刀（電刀）剛剛接觸病人的腸子
就發生了突然爆炸
醫生的刀被炸飛了
病人的腸子也炸成幾截
把護士也嚇哭了
屁是有毒的
在潛艇的艙內
幾個艇員，只需半天
艙內的氣體的CH4就可達到爆炸極限

不小心就可引爆
潛艇的生活艙一定有良好的通風

補充一點
正常人平均一天放屁十四個

二○○七年七月於山東

這一個龐大的隊伍

這一個龐大的隊伍
看不清來路也不知去處
沿途一個一個的人都在往裡擠

隊伍有時往前走有時往後退有時停滯不動但是沒有人能夠感覺出來他們
的方向每個人都只想呆在隊伍裡

有的人害怕在隊伍外面太孤單有的人害怕在隊伍裡面太擁擠有的人絞盡
腦汁有的人心安理得有的人勇往直前有的人徘徊觀望都不願走出逸出逃
出這個隊伍

這個隊伍是一個龐然大物裡面有農民有乞丐有學生有小偷有工人有教師
有講究修辭的人有拾糞的人有穿西裝的人有赤身裸體的人
裡面包容了處男幫處女幫同志幫斧頭幫員警幫黑社會紅社會白社會
他們帶著鮮花紙花鐮刀鍘刀鋼筆電腦錘頭斧頭鉗子槍支書包彈藥五顏六
色的紅旗白旗花旗花旗參和男男女女的腎炎偉哥
開著美國來的林肯和開往冬天的手扶拖拉機推土機吊車自行車摩托車電
動車

這一龐大的隊伍
看不清來路也不知去處
沿途一個一個的人都在往裡擠

二〇〇七年十二月四日

聾者

今年冬天特別冷
大雪和嚴寒從北方一直鋪滿貴州廣東以及更廣大的南方
我的耳朵都凍壞了
凍成了木耳
通紅的木耳　烏黑的木耳
這個冬天
死寂的冬天
耳朵烏黑的冬天
我再也聽不到千里之外的呻吟
聽不到礦窯坍塌的聲音
聽不到流浪兒的哭聲
聽不到去城裡做雞的女孩被害死後她的媽媽的淒厲的哀傷

整個冬天
我在書房裡咳嗽　咳出血來　不為傷心
整個冬天
我在書房裡吐痰　吐出血來　不為絕望
我感覺體內的污濁
似乎永遠也不能排完
我終其一生在傾吐污濁之物
但不是為了詛咒

再也聽不到開會的聲音
廣播的聲音　電視的聲音
聽不到新聞的聲音
甚至連我自己內心的轟鳴也絲毫聽不到

陽光一朵一朵地開放了
「冬天已經來了
春天還會遠嗎」
這是來自西方的預言
春天究竟會以怎樣的方式降臨？
那咆哮的春雷
我絲毫沒有聽到

我想聽聽祖國的心跳
但我看見了彌漫的大風雪
卻找不到心臟的方向

二〇〇八年二月一日

二〇〇八年六月四日，在南京

早晨起床的時候，我發現變得陽光燦爛了，
午夜的一場大雨，猶如一場秘密轉瞬被光明擦拭而去。
南京，總是彌滿腐朽的氣息。
曾經，在一場初春的新雨後，走在厚厚的落葉上，
散發出的刺鼻的氣息讓我和胡弦不約而同地使用了同一個詞語：
腐朽。
南京充滿了過多的逝亡者的紀念地，中山陵，美齡宮，雨花臺，
渡江紀念館，三十萬大屠殺紀念館。
這場春夏之交的夜雨，又把十九年前的血腥味道激蕩出來，
南南北北，蔓延千里

十九年了，
假如他還活著，現在呢，已也到了不惑之年，
他看到那些倖存者與苟活者一樣，很幸福，歷史清白地活著。
假如再讓他重新回到青春，他又會做何打算？
如果死意味著新的時代的開始，
那麼，今天，新的一代，也已經十九歲了，已經長大成人。
他們的腦袋，一次次被頻繁地刷新。
異常純潔。

今天，你看我，跟俗人沒什麼兩樣，
依舊是老樣子，上午十點起床，一日三餐。
跟大街上的人、辦公室裡的人、課堂上的人沒有什麼兩樣。

我在內心懷揣一隻血碗，在碗裡植一盞小小的燭光。
穿過內心的廣場……在正午……我忽然感到一片黑暗……
一陣虛脫……我努力把血碗端平。
我努力裝得跟大街上的人、辦公室裡的人、課堂上的人沒有什麼兩樣。

二〇〇八年六月四日，東南大學

六月飛雪，純係「謠傳」

二〇〇八年七月二十五日，陰曆六月二十三
十三點〇五分左右
寧波市江東區徐家社區的劉璐同學
正在窗邊讀書
聽到外面聲音異常
原來是下雪了
樓下的阿姨還在接雪花
持續了大約十分鐘
其實七月二十一日，陰曆六月十九日中午
浙江浦江縣也有人用手機拍攝了下雪的鏡頭
但是氣象臺的領導說那是冰雹

不是下雪
他們讓氣象臺首席預報員董杏燕解釋
她說
這應該是水花
較大的雨滴在快速下降時遇到空氣阻力而發生破碎形成白色的水花
不排除有人將破碎的雨滴誤認為雪花
這應該是標準答案了
因為二〇〇七年七月三十日，陰曆六月初七，下午六點左右
北京東三環也飄過雪花
二〇〇七年八月六日，陰曆六月十四，下午三點多
北京成府路附近也發生過大風捲雪花
董杏燕的解釋和去年北京的解釋
一字不差

浦江縣政府和金華市政府闢謠了
六月飛雪　純係謠言
並且警告群眾
不要過於隨意相信自己的眼睛
要相信科學

二〇〇八年七月二十八日南京

後記

嚴格地說，這並不是一本詩集，雖然它以詩的形式呈現在讀者面前。它藝術上的粗糙與幼稚是令人難以忍受的。

它僅僅是二十年來我的靈魂與時代相互摩擦的細微痕跡。

正是由於「我」甘於屈辱地活著，所以，更多的「我」甘於屈辱地活著。

正是由於「我」以娛樂與欲望來麻醉自己的痛苦，所以，更多的「我」陷於聲色犬馬的文字之中。

以這本小書清理「我」二十年來面目全非的靈魂，也是非常滑稽的。在這個面目全非的黃昏時代。

一段見證而已。

在敲打上面的「一段」兩個字的時候，電腦裡出現的竟是「異端」兩個字。很詭異。

黃昏越來越濃。堂吉訶德已經變成唐璜。

二〇〇九年十二月十日　杭州

語言文學類　PG0474

六十四首（1989~2009）
——趙思運詩集

作　　者／趙思運
責任編輯／黃姣潔
圖文排版／蔡瑋中
封面設計／陳佩蓉

發 行 人／宋政坤
法律顧問／毛國樑　律師
印製出版／秀威資訊科技股份有限公司
114台北市內湖區瑞光路76巷65號1樓
電話：+886-2-2796-3638　傳真：+886-2-2796-1377
http://www.showwe.com.tw
劃撥帳號／19563868　戶名：秀威資訊科技股份有限公司
讀者服務信箱：service@showwe.com.tw
展售門市／國家書店（松江門市）
104台北市中山區松江路209號1樓
電話：+886-2-2518-0207　傳真：+886-2-2518-0778
網路訂購／秀威網路書店：http://www.bodbooks.tw
國家網路書店：http://www.govbooks.com.tw
圖書經銷／紅螞蟻圖書有限公司
114台北市內湖區舊宗路二段121巷28、32號4樓
電話：+886-2-2795-3656　傳真：+886-2-2795-4100

2010年11月BOD一版
定價：190元

國家圖書館出版品預行編目

六十四首（1989-2009）：趙思運詩集 / 趙思運作. -- 一版. -- 臺
北市：秀威資訊科技, 2010.11
面； 公分. --（語言文學類；PG0474）
BOD版
ISBN 978-986-221-652-1（平裝）

851.486 99020253